銀河俳句叢書 2

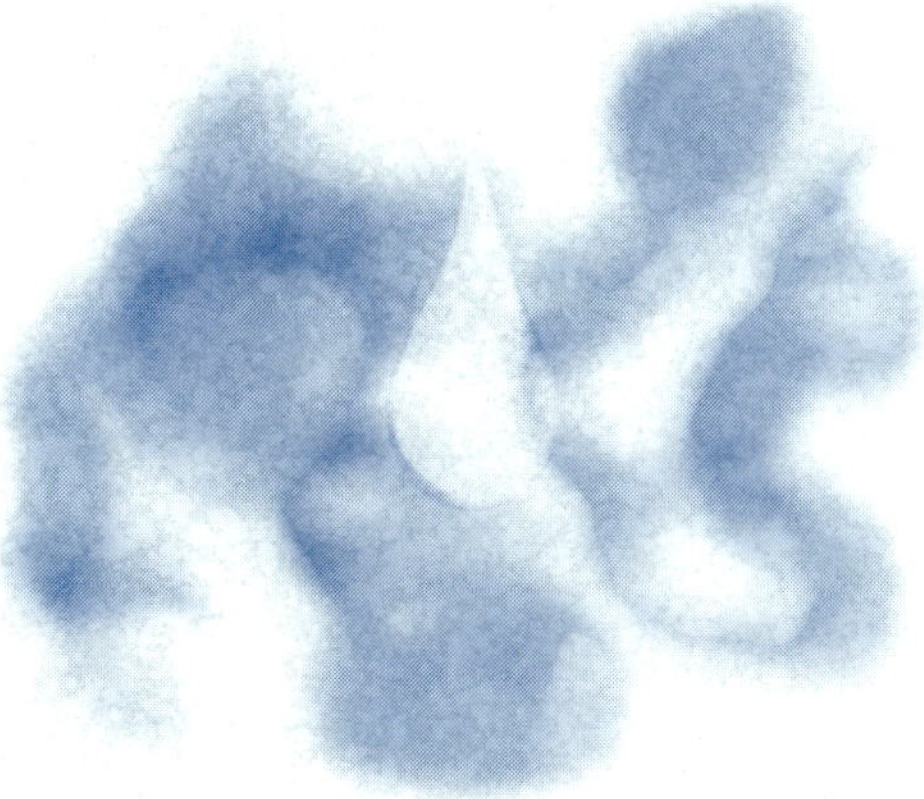

乾佐伎句集

Inui Saki

未来一滴

コールサック社

乾佐伎句集　未来一滴　目次

Ⅰ　寒　昴　7
Ⅱ　花菜揺れ　33
Ⅲ　未来一滴　57
Ⅳ　林檎剝く　95
解説　鈴木光影　120
あとがき　126

句集

未来一滴

Ⅰ

寒昴

好きという一語でできた銀河系
触れそうな手と手の間の冬銀河

もう一人私が居るなら寒昴
いつか来るさよなら空には寒昴

寒昴言えない思いは空に隠す

寒昴感じるための別れです

君だけが居ない冬空青いまま
瞬くオリオン私は君に逢いに行く

オリオンに誘われ踊るスニーカー
君がため冬の北斗の門叩く

君のまつげに冬三つ星を見つけたり
冬空の青さに二人立ちすくむ

冬林檎馬鹿な私に微笑んで
片時雨君の横顔美しく

君思う頬に流れた片時雨
片時雨嬉しいときも君は泣く

冬の空君の声だけ響いてる
冬の梅まだ見ぬ君に出会いたい

泣き言に黙って頷く友や冬空

大枯野未来はここから始まった

君思えば無人の駅に積もる雪
新雪を踏みしめて鳴る恋の音

好きだよと言い出せないまま積もる雪

君を待ち私の港に雪積もる

雪が降る私は雨に戻りたい
悩み一つ越えて冬の薔薇開く

クリスマスあなたに百のありがとう
永遠の約束くださいクリスマス

ケーキにはローソク空には冴ゆる星
ローソクに火を君の明日に光

君と過ごす時間はダイヤモンドダスト
痛みから守って大きい黒セーター

ゆで卵うまく剝けない愛せない
ポインセチア幾度の恋を見送った

冬茜に捧げるありがとごめんなさい

雪に眠る小石は母に甘えたい

ベランダに天狼星と語らう父

冬茜父の背中は遠いまま

冬北斗父母作る細い道

兆す雪積み木の城が揺れている

漱石忌夜空で猫があくびする

角砂糖空に放てば冴える月

オリオンが茶の間で息する玉の春

どこまでも行きたいウサギは雪になる

友達が欲しいキツネにそよ風を
意地っ張りキツネに二月の雨が降る

雪だるま思い出だけになっている

Ⅱ

花菜揺れ

寂しさをすみれに変えて渡す君
スカーフを結んで君と春を待つ

ぶらんこで空目指しては大人になる

春の水出会い求めてひた走る

川走る山から海への贈り物
さよならを知らずひたすら水走る

風車《かざぐるま》大きい声で良い返事

翼なら菜の花畑の海の底

菜の花畑の中の一人が月探す

光の丘で花菜は風と手を繋ぐ

花菜揺れ生きるきらめき数え合う

花菜揺れあなたをいつも待っている

勿忘草私はここで生きてます

濁流の二十歳過ぎ去り梅の花

梅咲いて私の夢が震えてる
桃の花咲いても散っても友は友

白椿さよなら言うのはさみしいね
パンジーはさよならがない街に咲く

思い出やまぶたに咲いたサクラソウ

球場のフェンス飛び越え風光る

午前二時長針短針羽ばたきたい

山笑うずぶ濡れのカッパでVサイン

あと何回桜が咲けばたどり着く
あなたに歌を贈ればまわりに桜咲く

桜全部散っても幸せは残る
桜にも愛されたくて桜に寄る

桜ひとひら心のかさぶたから
舞う花びらに時計はゆっくりと進む

朧月がかけた魔法よ解けないで
うつむいた君のため咲くチューリップ

鶯や冬のぬけがら食べて鳴く
芝桜どこかに私の道がある

黒猫はお昼寝私は春を迎えに
春風が時間の隙間を埋めていく

父母が待つ家の私は春苺

春の闇笑う小人は何人か

春いちご優しいふりをしてるだけ
たんぽぽのわた親元離れ親を知る

如月にさよなら言うのが下手なまま
ルーキーが握るボールに星の光

ネモフィラの青へ大空帰ってゆく

Ⅲ

未来一滴

雨が好き虹を指差す君も好き
雨音と人生に訪れる空白

日照雨傘を差さずに君の元へ
紙飛行機飛んでけ飛んでけ朝焼けまで

紫陽花咲いて私は雨にも傘にもなる

紫陽花や遠目には紫とだけ

紫陽花に私の色を問いました
バイオリン一弦告げるダリアの死

赤ダリア集団行動苦手です
カーネーション私は許され続けてる

野いちごを摘む手大きく父は空

曇天に虹かける天使の奔放

君を待つ入道雲のてっぺんで
君に会いに青嵐の背中に乗る

人を待ちながら心に花火咲く
永遠に開く花火を一人探す

さよならのコーヒー未来は一滴から
アイスティーうなずくだけで精一杯

ラムネ飲む心と心が触れる音
ソーダ水夢と一緒に注ぐ君

君の前ひそかに染まるかき氷
かき氷ブルーハワイは晴れ渡る

いちご一つこれが私の気持ちです
見つめ合う草の呼吸が聞こえるほど

砂日傘《すなひがさ》きらめきだけになっている
夏の海寄せては返す恋心

海の青に浮かんで溶けて恋つづく
さまよえる私に彼はダイアモンド

友と私の影いつまでも夏の川

乾杯の音きらめいて夏の夜

淡い夢重ねてたたむ浴衣かな

浴衣着て君の前では女の子

ガラス玉夏の記憶を閉じ込める
砂遊び二人のすみかは波の音

笑顔弾ける君との恋は潮の匂い
あの約束はソーダ水の泡になる

向日葵や君の笑顔が道しるべ

向日葵になれたら星にウィンクする

つむじ風新緑揺らし夢揺らす
赤い薔薇悲しいときほどかぐわしく

薔薇の赤寂しさからは逃げられぬ
会えずとも記憶の中の薔薇は赤

一目見て赤薔薇の棘に刺されたよ
嘘を咲く白薔薇はときおり揺れる

ユリ抱いて結婚式に来てください

ただ祈る君の手紙の絵のユリに

夕焼け空星もお腹を空かせてる

夕焼けの公園君に目で合図

ポケットに夕焼けしまって急ぎ足
ザク切りのキャベツ君に会いたい

幼き日皆既日食麦わら帽子

幼き日は遠くカーネーション揺れる

西瓜がぶり得意も苦手もある私

朝焼けを空に還して鳥の声

青嵐連れて行ってよどこまでも
夏空が遠く遠くへ逃げて行った

夏空の真ん中には一粒の涙
友情の蕾を育てる夏の空

入道雲空にも海にもなれずに白い
砂の城波に呑まれて空青し

空き時間コーヒー片手に雲を読む
おはやし鳴りやみ風一陣吹き抜ける

風青く君はいつでも知らんぷり
金魚にも金魚の社会ビー玉コロリ

青林檎愛は完結しないはず
白猫は長いしっぽで虹描く

君と私　虹も手を繋いでみたい
赤ダリアあなたはあなたを貫いて

入道雲言葉は少し窮屈だ
父の隣太陽笑い草揺れる

太陽が笑えば思い出も笑う

太陽の笑顔見るため俳句詠む

Ⅳ

林檎剝く

ラ・フランス心は身体のどこにある

天の川の端をくぐって参拝す

天の川に君への一句を置き忘れ

天の川父母つなぐ十七字

夢と後悔混ざって葡萄たわわに実る
巨峰もぐ不完全な私です

黒葡萄最後の一つはきっと雨
桃の実に希望という名をつけました

桃剝くようにことばを探す君優し

林檎剝くあなたに近づけるように

善い人になりたい林檎はただ赤い
露草や君の隣で笑いたい

空澄みて幼き恋も遠くなる
秋の風ねぼけたまなこも走り出す

ハローウィーンまっくらやみに飴一つ

真実は見上げた秋の雨の中

鰯雲二人はどこに行けば良い
満月やあなたの影とかくれんぼ

金木犀の香を食べたいか猫が鳴く
秋の雨記憶を洗い流すごと

過ちは許されもせず星月夜

白ヤギは大きなツノで月を呼ぶ

八月から九月へ白いドレス着て
九月の空を描き直した君は風

君が好き静けさの底に降りて行く
笑い声私の空には雲一つ

喫茶ブローニュ風と一緒に君が来る
君という響きに揺れるガラス玉

そよ風や実らぬ恋はガラス玉

バイオリン宇宙の果てに触れる指

泣いてた過去を流れる星がノックした
彗星は不器用な君へのエールです

君は笑い私の羊はよく眠る
ゆめの中いろんなかたちがうごいてる

君の心の光を頼りに夜歩く

午前四時宇宙の隅でティータイム

君が居ない家針先のような静けさ

金平糖かき分け君の町に着く

この街は小石の友が歌ううたう

星空にいつも未来を探してる

君と星招いて私の誕生日
石ころが夕日の歌を思い出す

滑り台一直線に未来まで
観覧車私は俳句を追いかける

解説

解説

俳句の未来へ、命がけの跳躍をする新世代の俳人
——乾佐伎第一句集『未来一滴』に寄せて

鈴木光影

1

乾佐伎氏は、俳句という手のひらにのるごとき小さな言語芸術によって、詩のビッグバンを起こそうとする。自らの震えるような感受性に寄り添いながら、ときにその弱さすらも力に代えて俳句や詩の核心へと触れようとする。

巻頭の一句を読めば、その特長はおのずと伝わってくる。

好きという一語でできた銀河系

「私」から「君」への「好きという一語」は小さく個人的なもの。一方の「銀河系」はとてつもなく大きく全的なもの。自分と恋人という限定的な関係性が、「銀河系」という人間一

人一人をちっぽけな存在にしてしまう大世界と繋がる経路を発見する。「好きという一語」によって作られた「銀河系」は、再び、恋する私を包みこむ。「好き」は、私から他者（世界）への肯定の言葉である。あなたのことが、私が生きている世界が、「好き」だと肯定することから、「銀河系」は生まれる。そして、だから、私は生きていける。この乾氏の生のダイナミズムを通過した俳句を、大袈裟に過ぎても、私はビッグバンと呼びたい。

本句集は「Ⅰ　寒昴」「Ⅱ　花菜揺れ」「Ⅲ　未来一滴」「Ⅳ　林檎剝く」の四章がそれぞれ、冬、春、夏、秋と、俳句が季節ごとに分けられ収載されている。しかし、基本的に乾氏の俳句は、「季語」や五七五の「定型」にとらわれていない。いわゆる「無季」の句もある。そして季語を用いていても伝統的に使われてきた「季感」ではない用法も多々ある。また、氏の俳句には私小説的な個人の内面を直接的に表現したものも多い。この様な個人的な気持ちの直接表現も、伝統的俳句では「モノに託せ」と言って、あまり好まれない。それらを守っているのは現在の俳壇において多数派の俳句観であるが、彼らは右の「無季」の巻頭句をいかに読むだろうか。

乾佐伎氏は、一人の俳句作家として、この一書を俳句の未来へ向けて投げ掛けたのだ。

2

乾氏の俳句は揺れている。私と君、過去と未来、一瞬と永遠、子どもと大人、私と世界、の間で。このような「揺れ」は思春期の一過性のものとして、伝統的な俳句からは「若さ」の一言で片づけられるきらいがある。しかし、俳句がこの世界や人間の真実や本質を目指す詩であるとするならば、乾氏にとって、ナイーブな人生の「揺れ」こそが詩への接触点である。

いつか来るさよなら空には寒昴
雪だるま思い出だけになっている
花菜揺れ生きるきらめき数え合う
さよならのコーヒー未来は一滴から
善い人になりたい林檎はただ赤い

一句目。「いつか来る」未来の「さよなら」は大切な人との別れの予感であると同時に、流れゆく常ならぬ世界の原理を引き受けた瞬間であろう。その時、「寒昴」は作者に一回きりの生を生きる力を与えてくれた。

二句目。「思い出」は言い換えれば過去だが、過去の雪片を集め固められた雪だるまと同一化する私は、内閉的にすら見える。しかし、それだけの強度をもって「思い出」に没入できたことは、作者に未来へ踏み出す力を与えただろう。「雪だるま」はいつしか溶け、新しい春が訪れる。

三句目。「揺れ」ている「花菜」たちは、互いに揺れ合うことによって「生きるきらめき」を表現し合う。隣人や他者と共存することの美しさも描かれている。

四句目。「さよならのコーヒー」は恋人との別れの場面かもしれない。ドリップされて一滴一滴淹れられた一杯のコーヒー。それは恋人との思い出の集積である。その一滴を、乾氏は無理に忘却することはしない。小さな過去の一滴を（それは涙の一滴としても読める）大切にその身体に引き受けることで、未来という未だ見ぬ無限の可能性を秘めた場所を志向しようとする。

五句目。「善い人になりたい」は、自分の内部から湧き出てくるような理想だ。しかし、理想と現実の自分とは乖離している。林檎という自然物の原理、「ただ赤い」ことを受けとめた作者は、自分自身にとっての最善を追い求める人こそが「善い人」だと直観したのかもしれない。

3

乾氏の過去を引き受けた未来志向は、主観性の断定による強度を持った一句へと姿を変えて屹立し、時に世界の真理にまで触れようとする。

ザク切りのキャベツ君に会いたい
石ころが夕日の歌を思い出す
パンジーはさよならがない街に咲く
永遠に開く花火を一人探す

一句目。「君に会いたい」という真っすぐで無垢で本能的な願望は、「ザク切りのキャベツ」のような不格好で乱雑な精神からしか生まれ得ない。勇敢ですらある「若さ」がある。

二句目。地球の欠片である名もなき「石ころ」も今の姿になるまで様々に形を変えて時を経てきたはずだ。その石ころが思い出した「夕日の歌」。それは私の思い出をも包み込む、地球の、大地の記憶である。乾氏の俳句は、ときに、私という個をいつの間にか越えていく。

三句目。いかなる出逢いにも「さよなら」はある。しかし、乾氏のいう「さよならがない街」は、ある意味において非現実ではない。今咲いていているパンジーと私が対峙しているこの瞬間、私は、永遠の時、永遠の光を摑まえた。一瞬の中に永遠の時を直観した「さよならがない街」は、作者の一途な願いにも似た主観的現実である。と同時に、街のあちこちで別れゆく人々へ向けた、とても温かい愛情が感じられてくる一句だ。

四句目。季語としての花火は、開いた次の瞬間消えていく最も儚い「花」だともいえる。それを「永遠に開く花火」として感受することは、「一人」でしかできない孤独な精神的営為である。この「永遠に開く花火」は、過去の思い出とも、未来の自分自身の姿とも読める。どちらにせよ、一人で思索し自分の内面の奥底へと降りてゆき、世界を俳句として永遠の姿に結晶化しようという、言葉に対する決心が感じられる。

観覧車私は俳句を追いかける

巻末のこの一句からは、「追いかける」ことこそが俳句であるという動的な俳句観が窺える。単に客観的な立場から俳句とは何かを探るのではなく、自分にとって俳句とは何かを探し「追いかける」。その姿勢には、人生と俳句を一致させたところから言葉を生み出す乾氏の、誠実で、自由で、必死の俳句観がある。そのような「命がけの跳躍」によって、俳句だからこそ到達できる真実へとタッチし、まだ見ぬ未来へと昇っていく「観覧車」に自らを乗せてゆく。本書が、新世代の俳人・乾佐伎と俳句の「未来」を更新してゆく「一滴」とならんことを、心から願っている。

あとがき

私が俳句を続けようと思ったきっかけは大切だった人との別れでした。この世にはどうにもならないことがあるという行き場のない気持ちを、俳句を詠むことで乗り越えようとしました。

俳句が存在すること、俳句と出会えたことに感謝しています。

出版するにあたって、感謝を伝えたい皆様がおります。俳句の先達者達は俳句の素晴らしさを教えてくれ、私を導いてくださいました。友人は心のこもった言葉で励まし、背中を押してくれました。

さらに、自然の美しさや宇宙の神秘は、私に感動を与え、俳句を詠む感動の源になってくれたように感じます。

また、良き理解者である夫や、父母などの温かい協力を得て句集を出版させていただき、深く感謝しています。

コールサック社の鈴木比佐雄氏には編集をしていただき帯文まで賜りました。鈴木光影氏には解説を、奥川はるみ氏には装幀デザインなどを作成していただき心から感謝致します。
この句集を手にとってくださった皆様の心に届く一句があることを願っています。

二〇一九年六月　　乾　佐伎

乾　佐伎（いぬい　さき）略歴

1990年　東京都生まれ埼玉県育ち
早稲田大学社会科学部社会科学科卒業
俳誌「吟遊」、文芸誌「コールサック」、「世界俳句協会」各会員、ふらんす堂句会などに参加。

E-mail : saki.inui@gmail.com
郵送先 : 〒173-0004　東京都板橋区板橋 2-63-4-209
　　　　コールサック社気付

石炭袋

COAL SACK 銀河俳句叢書 2
乾佐伎 句集『未来一滴』

2019年8月3日初版発行
著　者　　　乾　佐伎
編集・発行者　鈴木比佐雄
発行所　株式会社 コールサック社
〒173-0004　東京都板橋区板橋 2-63-4-209
電話 03-5944-3258　FAX 03-5944-3238
suzuki@coal-sack.com　http://www.coal-sack.com
郵便振替　00180-4-741802
印刷管理　（株）コールサック社　製作部

＊装丁　奥川はるみ

落丁本・乱丁本はお取り替えいたします。
ISBN978-4-86435-400-4　C1092　￥1500E